千年後のあなたへ

——福島・広島・長崎・沖縄・アジアの水辺から

鈴木比佐雄 詩集

コールサック社

詩集　千年後のあなたへ

――福島・広島・長崎・沖縄・アジアの水辺から

目次

序詩

Ⅰ

Ⅱ

Ⅲ

Ⅳ

V

序詩

「ほんとの空」へ

少し肌寒くなった秋の陽に誘われ
智恵子の言う「ほんとの空」が見たくなり
乳首山《ちちくびやま》を頂く安達太良山《あだたらやま》連峰に分け入った

いろは紅葉《もみじ》、ナナカマド、ブナなどを眺め
下界から見れば私は紅葉の獣道をさまよう
地上を追放された一人の巡礼者だろうか

前を行く多くの巡礼者たちの頭越しに
「ほんとの空」が果たして現れるだろうか

紅葉はますます赤く私を染めている

紅葉の切れ間から渓谷を見下ろすと
智恵子の「切抜絵」のような色彩が広がる
そんな温かな絶景を光太郎も慈しんだろうか

歩き続けていると紅葉が途切れて岩場となり
磐梯山をかすめた偏西風が強くなって
私達の地上の虚飾を全て吹き飛ばしてくれる

真っ裸になった心や身体が揺らぎながら
明日へと続く鎖を握って山頂に登り始める
智恵子の「ほんとの空」へ少し近づくために
光太郎の愛し続けた人の空を取り戻すために

I

海を流れる灯籠

とうろう　とうろう
とうろうをながすときがやってきたよ
にいさん　ぼくはでてしまうよ
はやくきて　あのとき
ぼくがしんだときだって
とうさんがなくなったときだって
まにあわなかったじゃないか

灯籠を流してしまうよ
そんな声を波間に聴いた気がした

打ち寄せる浪と水平線の光景にひかれて
夏草の生い茂る峠道を歩いていた
山際に夕陽が落ちてゆく反射光で
弓面の海上の空と海は虹色に染まり
この世のあらゆる色が現れ出てきた
ああ　どれでも好きな色を
自分は選ぶことができるな
山道の傍らにノカンゾウが咲いていた
この燃え尽きる前の炎の渋色の花を一輪
灯籠舟に乗せてもらおう
夕陽が落ちる前に入江に辿り着かなければ
身体を前傾し小走りで降りていった
日没直前の夕闇の中に
烏瓜の灯籠を手にした少年の背中が見えた
きっと川で溺れた友達や病死した妹を

みおくるためにいくのだろう
少年の背中ごしに入江が見えた
多くの肉親を亡くした人が灯籠を持って集まってくる
内海から外海へと灯籠が流れ始めている
長崎原爆で兄を亡くしたA先生も
広島原爆で妻を亡くしたO先生も
きっとどこかで灯籠を流しているだろう

おじさん　たいへいようがきっと
とうろうでいっぱいになるといいね
オキナワ、チョウセンやチュウゴク、アジアのはまべに
ロシアにもハワイやアメリカほんどにもつくといいね
ぼくはさきにいっているよ
カムパネルラとのわかれをおしみたいから

とうろう　とうろう
灯籠に乗り込む弟や父に
一輪のノカンゾウを手渡すために
わたしは賢治の眼をした少年の後から
五輪峠を駆け降りてゆくのだ

桃源郷と核兵器

もりあがる
もりあがる
もりあがる
もりあがる
うみがもりあがる
海の怒りがもりあがる
海の悲しみがもりあがる
地球の失意が
蒼白の乳房のように
もりあがり　はりさける

かつて自由・平等・友愛を象徴した
トリコロールの旗が
南太平洋から巴里の空まで
ズタズタに吹き飛ばされていったな
ぼくは見た
シャネルばりに「核の傘」さえブランド化していく
ちっぽけなフランスという国の奢りを
被爆したタヒチの海で
ランボオの魂が再び、こう呟くだろうか

とうとう見つかったよ。
なにがさ？　永遠というもの。
没陽といっしょに、
去ってしまった海のことだ。

（金子光晴訳）

ぼくは桃源郷という名の絵を見て暮らしている
小学生時代のA先生の個展で譲ってもらった絵だ
長崎医大生だった兄を原爆で亡くしたA先生が
この世の地獄を桃の木畑の桃源郷に変えようと願った絵だ
学徒兵だったA先生のまぶたには今も
「きのこ雲、閃光、爆風」が鮮明に焼き付いている
「旧長崎医大裏門門柱」は今も傾き立ち尽くしている
爆風で柱と台座に一六センチの隙間があいたという
爆心から六〇〇メートルの病院関係者の犠牲者八九二名の中に
きっと多くの人を救ったであろうA先生の兄さんがいたのだ
地上五〇〇メートルから降り注ぐ放射線と爆風から
誰が逃げることができよう
昼下がりの小学校の校庭で
A先生からノックされたボールを

ぼくは今も受け取っている
桃源郷という名の鎮魂のボールを

核抑止力という恐怖の均衡を
パスカルなら「狂気の不可避性」といい
死者たちの「永遠の沈黙」に恐れおののくだろうか
アメリカの犯した地上五〇〇メートルの悪の傘を
フランスもまたゴーギャンの愛したタヒチの海で繰り広げる
ランボオの詩行のように海を慈しむためでなく
永遠に地球の海を葬り続けるために
ただのランボウ者に成り果てた
　　　　もりあがる
　　　もりあがる
　　もりあがる
海の悲鳴がもりあがる

相生橋にもたれて

世界が戦争に向かう時
四年ぶりに　戻ってきたな
私は相生橋にもたれて　いつまでも
原爆ドームを眺めていよう

太田川が二つに分かれ
元安川と本川は広島湾へ流れていく
五十七年前にT字型の橋の頭上で
いったいどんなことがおこったか

四年前にこの世でこんなに美しい廃墟を
初めてみて　私はとりこになってしまった
目を背けられない悲しい美の力を感じた
人間が二度と起こしてはならない経験と記憶が
この場所にあった

今日二〇〇一年十月八日の未明
アメリカのアフガン爆撃が開始された
世界一豊かな国と最貧国の戦争が始まる
原爆以外の巨大な爆弾が投下実験され
きっと多くの命が消えていくだろう

四年前に　講演で「ヒロシマの哲学」を語った詩人がいた
世界が戦争に向かう前夜の十月七日
その詩人浜田知章の全詩集出版記念会を

広島の詩人たちが開いたのだ
詩人は四十七年前に詩「太陽を射たもの」でこう予言した
「お前たちは太陽を射た。
射た矢は返ってくるだろう
やがて白日の下に自滅していくのだ
その日が必ずくる。」と

二〇〇一年九月十一日
ニューヨーク貿易センタービルに
二機の旅客機が突っ込んでいった
世界の貧者の暗闇の中から発した矢が
世界の富者の光の場へ突き刺さり
六〇〇〇名*もの民間人はどこへ消えていったか
アメリカに「射た矢は返って」きたのだろうか
世界が報復の戦争に向かう時

浜田知章はふたたび熱っぽく「ヒロシマの哲学」を語る
　ほんとうの正義はいったいどこにあるかと
相生橋のたもとに揺れる白い夾竹桃
その後ろで静かにたたずむ原爆ドームに
秋の陽がそそがれ、世界中から人々が訪れる
その中の一人である私は　相生橋にもたれて
いつまでも原爆ドームを眺めていよう

＊六〇〇〇名といわれていたが、その後三〇〇〇名弱と訂正された。

被爆手水鉢《ちょうずばち》の面影

二〇〇九年八月六日夜の
詩の仲間たちとの朗読会の後で見た
元安川から流された無数の灯籠が
眼に焼きついて離れなかった
一九四五年に死んだ十四万人と
その後に続く死者たちの霊をのせて
赤と橙の灯籠流しは名残惜しそうに
相生橋のたもとから放たれて
海へと流れていった

八月七日の早朝
ホテルから抜け出し広島の街を歩く
原爆ドームを過ぎて相生橋を渡ると
左手に爆心から三五〇ｍの
夾竹桃の生け垣に囲まれた本川小学校がある
疎開していなかった残留児童四〇〇名と
教職員一〇名のうち
生き残った者は二名だった
本川・平和公園・元安川を望むと
原爆ドームと本川小学校被爆校舎が
今もその日の惨劇を伝えている

原爆ドーム付近で見つかった手水鉢が
小学校東門入口に二年前から置いてある
被爆手水鉢は子供の横顔に見えるし

私には子供の野仏のように見える
えぐられた片目があり
横顔全体から赤い血が溢れてきて
そのまま赤錆びて固まってしまったようだ
きっと当時の本川国民学校内で
我が子を亡くした親御さんや学校関係者たちが
子供たちの面影を地上に残すために
原爆ドームを望めるこの場所に置いたのだろうか

水を求めて本川に降りて行き
灯籠のように流されていったのだろうか
四〇〇名の子供たちの横顔が重なり合い
核兵器とは何を残したかを問い続け
いまも手水鉢は血の涙を流し続けている

私は被爆手水鉢の前で手を合わせ
赤と白の花咲く夾竹桃に囲まれた
門の前で頭をたれていると
平和公園の樹木からの蟬の合唱が
子供たちの泣き叫ぶ声に聴こえてくる

広島・鶴見橋のしだれ柳

一冊の原爆詩集が人生を変えることもあるだろうか
二〇一〇年八月六日午後五時
一人ひとり被爆者が働き暮らしていた街を想像して
ようやく平和資料館の書籍売り場に辿り着く
しばらくボーとして本を眺めていると
『原爆詩一八一人集』英語版を買い求めた
毅然とした若い日本の女性がいた
ああ、彼女もまたきっと原爆の悲劇を
世界の人に伝えてくれるだろうか
母になり子供にも伝える日が来るだろうか

その詩集を編んだ私はそんな予感がして
逆光の彼女の横顔を見た
どこか被爆マリアのように思えて
慰霊碑に向かって外へ出た
平和公園内の詩の朗読会が終わった後
元安川のほとりでは灯籠流しが次々と流されていた
多くのミュージシャンが平和の祈りを歌い続けていた
原爆ドームはライトアップして静かに佇んでいた
近付いていくと地上は薄暗く
勤労奉仕の学生たちの学校名を記した碑で
ようやく各県別の学校名を読むことができた
東京都には私の出身大学名も記されてあった
この碑にもライトアップして欲しかった
全国の学生たちがこの地で
なぜ死ななければならなかったを問いかけている

その重たい問いを抱えながらホテルに戻っていった
数多の蝉の鳴き声が一つの願いに聴こえてくる
翌朝の八月七日早朝　『絶後の記録』を持って
ホテルを抜け出し平和大通りに入り
左折し比治山に向かう
平和大通りは被爆者の森と名付けられ
県別の名が付けられた樹木が植えられていた
きっとこの地で被爆死した学生たちを慰霊するためだろうか
大地と樹木たちから発せられる蝉の合唱は
なぜか僧侶たちの念仏のようにも聞こえてくる

北海道（ライラック）、青森（ニオイヒバ）、岩手（ナンブアカマツ）、宮城（ケヤキ）、秋田（ケヤキ）、山形（サクランボ）、福島（ケヤキ）、茨城（シラウメ）、栃木（トチノキ）、群馬（クロマツ）、埼玉（ケヤキ）、千葉（イヌマキ）、東京（イチョウ）、神奈川（イ

チョウ）、新潟（モッコク）、富山（ケヤキ）、石川（アスナロ）、福
井（クロマツ）、山梨（イロハモミジ）、長野（ケヤキ）、岐阜（イ
チイ）、静岡（キンモクセイ）、愛知（ハナノキ）、三重（イチョウ）、
滋賀（ヤマモミジ）、京都（シダレヤナギ）、大阪（イチョウ）、兵
庫（クスノキ）、奈良（ヤエザクラ）、和歌山（ウバメガシ）、鳥取
（ナシノキ）、島根（クロマツ）、岡山（アカマツ）、広島（ヤマモ
ミジ）、山口（アカマツ）、徳島（ヤマモモ）、香川（オリーブ）、愛
媛（クロマツ）、高知（シラカシ）、福岡（モチノキ）、佐賀（クス
ノキ）、長崎（ヤブツバキ）、熊本（クスノキ）、大分（ブンゴウメ）、
宮崎（フェニックス）、鹿児島（カイコウズ）、沖縄（カンヒザクラ）

この被爆者の森を歩き続けると
蝉の合唱は数多の勤労奉仕の学生たちの悲鳴に重なってくる
目の前に比治山が見えてくる
手前には京橋川が豊かな水量を誇って流れている

鶴見橋を渡ると
被爆したしだれ柳がケロイドを残しながら幹を残している
根元から双子のように新しい幹が命を受け継いでいる
爆心から一・七キロ
さえぎるものは何もない
この距離までほとんど消失してしまった
多くの勤労奉仕の学生が被爆し燃えていき
京橋川になだれ下りていったのだろう
彼らの肉体を剝ぎ取って
爆風は比治山を駆け上がり
山で働いていた学生や多くの人びとたちも薙ぎ倒して
山向こうの民家を吹き飛ばしていった
今は比治山には美術館もあるが
多くの慰霊碑がある
山全体が緑濃い青山で墓碑のようだ

『絶後の記録』を書いた小倉豊文は
爆心から三キロ比治山を越えた猿猴川の新大洲橋にいた
爆心地近くにいる妻を捜すため比治山に上ってみると
「人口四十万、六大都市につぐ大都市広島の姿がなくなってい
たのだ」（『絶後の記録』第三信より）
今は山の上から広島のビル街が広がっている
私は鶴見橋のしだれ柳や被爆死した学生の姿を探している
一本の樹木が数多の命を汲み上げて
死者と共に生き続けているのが分かる

少年は今日も焼き場に立ち続けている

一枚の写真はどんな反戦詩よりも戦争の悲劇を語り続けている
その写真を見た人の心には「焼き場に立つ少年」が焼き付けられる
ジョー・オダネルの眼差しが乗り移ってしまったのだろう

報道写真家 ジョー・オダネル撮影 「焼き場に立つ少年」

（1945年長崎の爆心地にて）

《佐世保から長崎に入った私は、小高い丘の上から下を眺めていました。／すると、白いマスクをかけた男達が目に入りました。／男達は、60センチ程の深さにえぐった穴のそばで、作業をしていました。／荷車に山積みにした死体を、石灰の燃える穴の中に、次々と入れていたのです。／／10歳ぐらいの少年が、歩いてくるのが目に留まりました。／おんぶひもをたすきにかけて、幼子を背中に背負っています。／弟や妹をおんぶしたまま、広っぱで遊んでいる子供の姿は、当時の日本でよく目にする光景でした。／しかし、この少年の様子は、はっきりと違っています。／重大な目的を持ってこの焼き場にやってきたという、強い意志が感じられました。／しかも裸足です。／少年は、焼き場のふちまで来ると、硬い表情で、目を凝らして立ち尽くしています。／背中の赤ん坊は、ぐっすり眠っているのか、首を後ろにのけぞらせたままです。／／少年は焼き場のふちに、5分か10分、立っていたでしょうか。／白いマスクの男達がおもむろに近づき、ゆっくりとおんぶひもを解き始めました。／この時私は、背中の幼子が既に死んでいる事に、初めて気付いたのです。／男達は、幼子の手と足を持つと、ゆっくりと葬るように、焼き場の熱い灰の上に横たえました。／まず幼い肉体が火に溶ける、ジューという音がしました。／それから、まばゆい程の炎が、さっと舞い立ちました。／真っ赤な夕日のような炎は、直立不動の少年のまだあどけない頬を、赤く照らしました。／その時です。／炎を食い入るように見つめる少年の唇に、血がにじんでいるのに気が付いたのは。／少年が、あまりきつく噛み締めている為、唇の血は流れる事もなく、ただ少年の下唇に、赤くにじんでいました。／／夕日のような炎が静まると、少年はくるりときびすを返し、沈黙のまま、焼き場を去っていきました。》（インタビュー・上田勢子）〔朝日新聞創刊１２０周年記念写真展より抜粋〕

ジョー・オダネルの通訳だったリチャード・ラマーズは語る。
「あの時、少年の肩を抱き、なにか励ましの言葉をかけたかったと、いつも話していた。しかし、できなかったと」

この写真には、見るものに圧倒的に沈黙を強いる

戦争の現実とは両親が殺され弟もまた放射能で死んでいくこと
そのまだ温かい死体を焼き場で葬ることが
自分の役目であると自覚し
「焼き場に立つ少年」は泣くことも
自らの運命を呪うこともなく
ただ下唇が裂けて血が出るくらい噛みしめて佇むのだ
このような少年と弟の名前を聞き出す余裕もなく
焼き場の男たちは無関心に葬ったのだろうか
そこに一人の若い米軍カメラマンだけが
「焼き場に立つ少年」の神々しさとその沈黙に気付いたのだ
それからジョー・オダネルは四十三年その沈黙を抱え込んだ
ある日封印していたトランクを開けて長崎の真実を伝え始めた
しかしその試みは母国では理解されず妻さえも去っていった
けれども世界の人びとは
少年の直立不動でしか持ちこたえられない

無尽蔵の悲しみと戦争への怒りが押し寄せてくる
少年の「強い意志」を直感していった
それはもはや戦争がある限り永遠に立ち去ることはない
ジョー・オダネルが死んだ後も
日米の指導者には理解されなくとも
フランシスコローマ教皇のような国境を越えた同志が増えていく
そんな世界の人びとの心の中で少年は今日も立ち続けている

Ⅱ

東海村の悲劇《きょうくん》

三つか四つの男の子が小さなあき缶に水を入れて、ヨチヨチと近づいてきた。……子供は俺のすぐ目の前の一つの「生きた屍」の頭のところにくると、ヒョコンと腰をまげて、持ってきたあき缶の水をその口に流しこんだ。……その「生きた屍」は女であった。仰向けに寝ている胸には黒い帯がX形にかかったままだ。はじめは子供を負っていたに相違ない。……さっききいた「水おくれ」という声は、この人の声だったかも知れぬ。子供はヨチヨチ向うに歩いて行く。ほんとにままごとのお使いのようにしか見えぬ無邪気さで……。

（小倉豊文『絶後の記録　広島原子爆弾の手記』の「第五信　母子叙情」より）

どうぞ……ごゆっくり
ウェートレスがグラスに水を注ぎながら
口元で転がすように話された言葉だ
ほんのひととき地上に留まる人間にとって
最もふさわしい言葉かもしれない　と
心なごみ、グラスの水を呑んだ

内部から焼けていく身体に
水はどんなに欲せられたか想像もつかない
四十万都市に放射能が降り注がれた日は
たったの五十年前だが
私たちの想像力はその悲劇を想起するには
とても非力でクールすぎるか

一九九七年三月十一日午前十時六分　火災発生
午後八時十五分　大音響と地響き
鋼鉄製のドアが二階から落下し
パイプいすが五〇メートル
ガラス破片が六〇メートル
電気ストーブ、ごみ箱、バケツ、台ばかりなどの
三十三種の備品が飛散物となって吹き飛んだ
六〇キロ離れたつくば市でセシウム一三七が観測された
九〇キロ離れた私の暮らす柏にも放射能の塵が届いたろうか

東海の岸辺の村で
何が起こったか、確かなことは
三十七名の技術作業員たちが
放射能を浴びた煙を
鼻や口元から吸いこんだことだ

そして人体と環境への影響は必ずあるということだ

「原研時代（東海村にある日本原子力研究所）、本人は、『時間が足りないから危険な核燃料棒を手で触ったりしたこともある。（放射能を浴びたことを感知する）アラームがピーピーなるんだ』と言っていました。……『ぼくは結婚しないよ、尊敬する先輩が風邪を引いて2～3日してすぐ亡くなったことがあった。ぼくは忙しいし、放射能を浴びているから、結婚する女性が可哀そうだ』と漏らしたこともありました」

（「九五年に三十八歳の長男豊さんを癌で亡くした父の斎藤誠さんへのインタビュー記事」週刊フライデー・九七年四月一八日号）

ひとりの誠実で勤勉な青年の身体を
むしばんでいったものが何であったか
「今の医学ではガンと放射能の因果関係はわかりませんから」

という下請け会社側の答えは
父誠さんの疑問に何も答えてはいない
「時間が足りない」「僕は忙しい」と
入社十年足らずの青年の時間を国家と企業の意志が
奪い取り追い詰めていくのがわかる
三十七名以外にも多くの悲劇が今も進行しているのだろう

どうぞ……ごゆっくり
と誰もアドバイスできなかったか
きっと誰も責任を負えない形で
青年へ破滅と絶望の宿命を歩ませていったのだ
「もうボロボロだよ」と父につぶやいた青年に
核燃料棒の研究を強いた罪は誰が負うのか

「放射線には、ここまでは大丈夫という境界線がない……放射能を浴びると遺伝子を傷つけ、それが重なるとがんになることがわかってきた。微量を一回浴びるのと、微量を浴び続けることは意味が違う。少量だから大丈夫ではなく、累積すれば危険が高くなる。」と広島市の「放射線影響研究所」の重松逸造理事長は警告している。」

（九七年三月二六日　朝日新聞）

「もんじゅ」の教訓ではなく
広島の悲劇《きょうくん》を忘れてはならない
あき缶で水を汲み母の口元に注いだ子供は
今どこを歩いているか
豊さんと手をつなぎ東海の岸辺を歩き続けているか
固有名をもった三十七名の人たちと東海村の人々の
口元に水を注ぐために

一九九九年九月三十日午前十時三十五分

原子力とは「消せない火」である　　高木仁三郎

一九九九年九月三十日午前十時三十五分
この日　東海村という美しい名の村で
何が起こったか　覚えているか
二人の男が「青い光」を見た日だ

一〇〇〇分の四グラムのウランが核分裂し
中性子が次々に飛び出し
大内久さん、篠原理人さんらを被曝させ

彼らのＤＮＡを再生不能とさせた日だ

深夜、若者たちがたむろしているコンビニエンスストア
その天井はまばゆい蛍光灯で敷きつめられている
コンビニエンスストアの光には「青い光」が混じっていないか
大内さんら原発作業員らが流し続ける
青い血色が見えないか

二十世紀の文明は　夜の闇を追放したが
人の心の闇はいっそう深まっていった
夕べの食卓のない子供と大人が
訳もなくたたずむコンビニエンスストアには
決して闇があってはならないか

二十四時間発電している原発は深夜の余った電気を

二十四時間営業のコンビニエンスストアに捨てているか
ああ、ここは　光の墓場だったか
永遠に「消えない火」である核廃棄物のように

人の心に関心を持ってはならぬ
ただ人の消費する傾向だけがカウントされればいい
今を生き延びるための欲望だけが分かればいい
遠くの悲鳴には無関心でなくてはならぬ

されど　コンビニエンスストアを偏愛する人よ
一九九九年九月三十日午前十時三十五分
東海村の人とともにこの日を忘れないでほしい
バケツでウランを注ぎ込んだ沈殿槽で臨界が起き
ミニ原子炉が生まれ　中性子が飛び出し
二人の男は痙攣し　皮膚が焼け、髪の毛が抜け

信じられない嘔吐の果てに亡くなった
いまもその時の多くの被曝者たちが
不安をかかえて生きていることを

コンビニエンスストアの明るい光よ
「青い光」をどこに隠しているのか
核分裂反応で放射線が発生する時の
「チェレンコフ光」と言われる死に至る光を

二十世紀のみどりご

一九九九年十二月二十一日未明　大内久さん被曝死

ぼく　青い光を見たよ
からだに青緑が染み込んでしまったよ
そろそろ東海村の水辺から
みんなとお別れだね

みどりごになったOさんが
そう語りかけてくる

みどりご
古代韓国語で

ミ（三）ドル（周）ゴ（児）
三歳の男児のことらしい
ミドルとは
ミ（水）ドル（石）でもあり
主語の助詞がつくと、ルがイに変化し
ミドリになるという*
水中の苔むした石は
緑色にも青色にも見える
あの日のウランが臨界に達し
中性子線を放射した時と同じように

人は川べりで
自然光が当たる美しい青緑色をみるべきだ
あおみどろ（青味泥）をながめるべきだ

Oさんを八十三日間も苦しめたもの
中性子線の青い淵に沈めたものは誰か
原子力行政は「人命軽視が甚だしい」
という医師たちの痛みの言葉を黙殺し
国も電力会社も安全神話の迷路に逃げて行く

二十シーベルトを被曝した
ぼくの壊れたDNAを置いていくよ
ぼくのように被曝した多くの人よ
ぼくらはミ（美しい）ドリ（鳥）の子となって
二十世紀の放射能の森に永遠に閉じ込められたね
妻と子供たちよ、近寄らないで、恐いことだが
この森では二十一世紀の時間が朽ち果てているよ

＊李寧熙『天武と持統』（文春文庫）を参考。

カクノシリヌグイ

1

秋
手賀沼の水辺に咲くイシミカワ
その淡緑色の小さな花と
葉っぱの皿に盛られた
葡萄のような実は
緑白色
紅紫色
青藍色
その色の重なりを眺めていると

北の海と空の色を思い出す
なぜイシミカワと呼ばれるのか
水辺に美しい石の実が生ると
古代人もめでたのだろうか

2

腰の曲がった祖母が堤防近くで見ていた
砂浜の凪が日中の熱を下げていった
夏休みに魚の行商を手伝い
夕焼けの海はしずかに暮れていった
「青年になって戻ってきた」と
叔父は高校生の私を歓待してくれた
ここから約四十キロ北の浜辺で
その年に原子力発電所が稼働したのを
私はあとから知った

翌年祖母が亡くなり
長く海辺を訪ねることはなかった

3

クラゲが原発を止めるという
核分裂の高熱を冷ます海水に
クラゲが紛れ込む
放射線に当たりクラゲが被曝したら
やはり青い色に発光するのだろうか
石炭を掘り尽くした地は
ウランの核エネルギーを選ばされた
都市のために地圏を汚しはじめた
私は原発事故の記事を
いつしか切り取るようになっていた
父と母が見捨てた地からの

唯一の伝言のように

4

叔父が死んだ
三十年ぶりにあの海を見た
叔父と走った浜辺の記憶が甦ってきた
私が陸上部で長距離ランナーだと知って
「叔父さんと走るか」と言って駆け出したのだ
叔父の後を追いかけながら海を見た
海と水平線と空はイシミカワのような
深い色を重ねていた
祖母を葬った海辺の墓地は山へ移された
かつての墓地は公民館に変わっていた
そこで叔父の娘の一人から
冷えた酒を注がれた

5

新聞記事が伝えていた
原発は寿命三十年だといわれてきたが
いつのまにか五十年から六十年に延ばされたことを
熱疲労、金属疲労、ビーチマークの破断に至る可能性は
どれくらい高くなったろうか

虚偽報告
　裏マニュアル
　　核分裂連鎖反応
　　　制御不能
　　　　臨界事故

アルファ線

ガンマ線
　ベータ線
　　中性子線
　　　ＤＮＡ破損

その時、人の血肉に
放射線が貫通して暴れた
肉体が放射線状化するとどうなるか
今も遺伝子が傷つき変容していることを
神さえも知らない

6

イシミカワの近くに
少女の頬紅のような可憐な花が咲く
ママコノシリヌグイと

ミゾソバの花は
少し離れると区別できない
茎に下向きの刺のあるのが
ママコノシリヌグイだ
古代の少女をいじめた義母の悪意は
どんな刺よりも残酷か
小さな花に少女の薄紅色と義母の刺を
同時に見た古代人がいた
ミゾソバはウシノヒタイとも言われる
葉っぱが牛の顔に似ているからという
牛の顔に囲まれた花は
幸せな古代の少女のようだ

7

原発は

義母の悪意のように
地球の皮膚を放射線で引っ掻いた
いまも無数の生傷が絶えない
古傷は腐り融け出しそうになっている
東海村のことを話し始めると
「原発に囲まれた日本は、もう手遅れね」と
ノルウェイの森からやってきた女性がつぶやいた
制御不能なものを安全だといい続けた
二十世紀の神話は
東海村の水辺でも死滅した
二十一世紀にも
カクノシリヌグイという
悪の花をぞくぞく水辺に咲かせるだろう
誰も近寄れない
死に至る花を

つぎつぎ決死隊が摘みに行くのだろうか

8

私たちは忘れた
自然光を
私たちは忘れた
無数の光の豊かな階調を
私たちは忘れた
無数の風景の影と光の境界を
私たちは忘れた
自然光が内部に宿り
素顔に輝き始める瞬間を
風が自然光と戯れ
樹木がいっせいに葉音を立て
水辺が波立ち

ミゾソバの花や
イシミカワの実が落ちて
遠く流れ去るのを
人の首筋から
生きる喜びに満ちた
光と影が発する瞬間を

9

アリゾナ州のレッドバレーで
インディアンの末裔が放射線を浴びながら
広島長崎に使用された原料と同じように
先祖の土地からウランを掘りつづける
イギリスの詩人ワーズワースや
絵本ピーターラビットの故郷カンブリア近く
セラフィールド再処理工場付近で

白血病が多発しつづける
フランスのラ・アーグ再処理工場でもそうだ
あかつき丸は再処理されたプルトニウムを運び
世界の海を危機にさらしている
東北の果て青森県六ケ所村は日本の全ての
カクノシリヌグイをさせられるだろうか
核の墓場を押しつけるものは誰か
現代のエネルギーの義母は
どんな刺よりもいたく
体内で暴れ回る残酷さだ
無尽蔵の電気を享受して恥じないもの
自然光の美、驚きを忘れた
私たち人間の影を消し去ろうとする
存在の根源的な暗さだろうか

10

私は父母の故郷　東北の海辺で
今も叔父と一緒に駆け出すだろう
カクノシリヌグイの
「青い花」の幻影にめまいして
イシミカワのような
深い色を湛えた海を見るために
行商の汗をぬぐい
甥っ子の成長を祝福した
叔父のやさしい瞳の自然光を
忘れないために

シュラウドからの手紙

父と母が生まれた福島の海辺に
いまも荒波は押し寄せているだろう
波は少年の私を海底の砂に巻き込み
塩水を呑ませ浜まで打ち上げていった

波はいま原発の温排水を冷まし続けているのか
人を狂気に馴らすものは何がきっかけだろうか
検査データを改ざんした日
その人は胸に痛みを覚えたはずだ
その人は嘘のために胸が張り裂けそうになって

シュラウド（炉心隔壁）のように熱疲労で
眠れなくなったかも知れない

二〇〇〇年七月
その人はシュラウドのひび割れが
もっと広がり張り裂けるのを恐怖した
東京電力が十年にわたって
ひび割れを改ざんしていたことを内部告発した
二年後の二〇〇二年八月　告発は事実と認められた

私はその人の胸の格闘《ひびわれ》を聞いてみたい
その良心的で英雄的な告発をたたえたい
そのような告発の風土が育たなければ
東北がチェルノブイリのように破壊される日が必ず来る
福島第一原発　六基

福島第二原発　四基
新潟柏崎刈羽原発　三基
十三基の中のひび割れた未修理の五基を
原子力・安全保安院と東京電力はいまだ運転を続けている
残り八基もどう考えてもあやしい

国家と電力会社は決して真実を語らない
組織は技術力のひび割れを隠し続ける
福島と新潟の海辺の民に
シュラウドからの手紙は今度いつ届くのだろうか
次の手紙ではシュラウドのひび割れが
老朽化した原発全体のひび割れになっていることを告げるか

子供のころ遊んだ福島の海辺にはまだ原発はなかった
あと何千年たったらそのころの海辺に戻れるのだろうか

未来の海辺には脱原発の記念碑にその人の名が刻まれ
その周りで子供たちが波とたわむれているだろうか

日のゆらぎ

1

秋風が吹き
公園の椎の木が
バラバラと実を落とした
裏の斜面に群生する
薄い血の色をした花
キツネノカミソリ
その間を椎の実が
転げ落ちていった
どこかで悲鳴がして

風に飛ばされきて
救急車が耳の奥へ駆けてきた

2

トウカイムラデ　リンカイガ　ハジマッタ
インターネットで世界に発信された
韜晦　村
倒壊　村
青い光に切り裂かれた村
トウカイ　リンカイ
問う　核　村

3

オワッタ
えっ　何が？

オワッタ
まだだよ
　オワッタ
そんな！
　　オワッタ
　　ミテシマッタカラ

　4
いつも時代に流されてきた人
鬱で引きこもっていた人
朝のテレビで自殺報道と
地下鉄脱線事故を見た
あの人の中で何かがはじけた
部屋を出てベランダに向かい
椅子を踏み台にして

五階から身を投げた
下はコンクリートの通路とフェンス
あの人の身体はフェンスに落下した後
コンクリートに打ちつけられた
脳挫傷　肺挫傷　内臓出血　膝の骨折
全身の切り傷……
それでもあの人は生きていた
フェンスがグローブのように
その人の身体を包み込んだ
フェンスがたわみ
その後コンクリートに叩き付けられた
そのくぼみが奇跡を引き起こした
フェンスの前で私は頭を垂れる
それでも人は生きねばならぬか
フェンスの向こうには土の庭があり

ホトケノザが咲き始めていた

5

見えないものを見ることが出来るか
中性子線が身体を貫通していった人
その人はバケツで液体を運び注いだだけだ
リンカイ
青い光を見た人は
戻ってこなかった
リンカイを止める決死隊を
集めたものは誰か
断れない彼らを生み出したのは誰か
さらに中性子線を浴びさせたものは誰か

6

ホトケノザ　仏の座
死者の座る場所
春の野から
死者が最初に生えだしてくる
死者がよみがえることを願った
古代人の感受性が永遠に残された
人は春の野草に生まれ変わることを願った

7

人は光
人は影
人は光と影
人は苦しみ
人は歓び
人は闇から生まれ

束の間　光に抱かれて闇へと還ってゆく
何を急ぐことがあろうか
なぜ人工の光に取り巻かれたいのか
春の野草の元に
いつか人は帰るだけなのに

牡丹雪と「青い光」

兼六園にて

夜明けのホテルのドアを開けると
ノブにビニール袋に入れた
二〇〇七年三月十七日の北國新聞がかかっていた
東海村事故の前に志賀原発一号機が
一九九九年六月に臨界事故を起こしていた
「時系列でみると、うちの事故が公表され、
原因究明が報告されていれば、注意喚起となって、
JOCの事故につながらなかったのかなあと思う」
と北陸電力の永原社長が他人事のように語っている

ぼんやりと精霊のような
白いものが舞ってくる
早朝の百万石通りを歩く
煉瓦風の石川文学館を左手に見て
香林坊、広坂のバス停を越えて
兼六園下に辿り着く

白いものが細雪に変わっていく
黒いコートを白く染めていく
桜並木の蕾がふくらむ
蓮池門通りをのぼっていく
茶髪の青年が一人先を歩いていく

見上げると彼方から白い槍が降ってくるようだ
朝七時から門は開いていた

学生時代から三〇年ぶりに庭園に入る
今も松は高く聳え
そのはるか彼方から白い糸は牡丹雪に変わっていく
この地で暮らす盲目の詩人は
この牡丹雪の中を錆朱色の傘を差しながら
愛する人と再会するのを幻視していた
人は雪の中だからこそ
温かい光景を探し求めるのだろうか

霞ヶ池の虹橋、雪見橋、雁行橋を渡る
池の上に降り注ぐ雪片
花見橋を渡り　梅林が見えてくる
雪の中で白加賀、青軸の白梅が咲き
摩耶紅の紅梅が咲いている

梅林の脇には樹皮の剝がされた松が聳えている
この場所の松は松脂を採るために
軍の命令で一九四五年六月に赤裸《あかはだか》にされた
その松脂はどんなエネルギーにされたのだろうか
今日この地で原爆を語り継ぐ詩人の言葉を想起する
八月六日に整列していた同級生たちは
爆風によって左半身の皮膚を赤裸にされ
水を求め数時間を苦しみながら死に絶えていったと

茶髪の青年は梅や松の写真を撮り続けている
彼は三〇年前の私ぐらいの年齢だろう
いま彼はどんな光景を胸に刻んでいるのか
赤裸の松にも牡丹雪は降り続けている

一九九九年九月三十日午前十時三十五分

この日　東海村という美しい名の村で
何が起こったか　覚えているか
二人の男が「青い光」を見た日だ

一〇〇〇分の四グラムのウランが核分裂し
中性子が次々に飛び出し
大内久さん、篠原理人さんらを被曝させ、
彼らのＤＮＡを再生不能とさせた日だ

かつてそんな詩を書き記したことがあった
二人の技術者の命は六月の情報があれば
救えたかも知れなかったか……
この美しい街の近くで起こった臨界事故が
一九九九年六月の北國新聞で伝えられていれば……

「青い光」を浴びた二人の男の家族たちと
被曝した東海村の住民たちは
永原社長の発言をどのように聞いたのだろうか

二人の死の責任を誰がとるのか
八年前のこの街の近くで
「青い光」が生まれようとしていて
その事実を隠した原発技術者たちがいた
その隠したことを忘れてしまえば
最悪の「青い光」が地上を走るだろうか

＊詩集『日の跡』の「一九九九年九月三十日午前十時三十五分」より

Ⅲ

薄磯の木片　――3・11小さな港町の記憶

ドドドー　ザザザー　ドドドー　ザザザー
ドドドー　ザザザー　ドドドー　ザザザー
波の音が近くに聞こえているのに
平薄磯《たいらうすいそ》*の町へは近づけない

常磐道いわき中央をおりて
いつもと変わらない市内の中心部を走りぬけ
高い堤防の高台の平沼ノ内《たいらぬまのうち》を抜け
浜辺へ下りる道を探しているが
破壊された家々で道が塞がれている
道が消滅しているのを知らないカーナビの声は混乱して

繰り返し行き先を代えていた

「薄磯に　行きたいのですが……」
と近くの主婦に尋ねると
「この先を左に曲がって　下りればいいよ
　ひどすぎて　見てられないよ」
と泣き出しそうな顔で教えてくれた

浜辺に下りて行くと
カーナビは正面に薄磯の町と
右手に薄井神社を示していた
盛り上がった砂と家の残骸で車は通れない
車を降りて脇を抜けると
夕暮れの太平洋の水平線が見えた
灰色の波が少し赤らみ次々に押し寄せていた

小高い岡の薄井神社の神殿に向かう坂には
結婚式のアルバム、生活用品が打ち寄せられている
平薄磯の宿崎、南街、中街、北街が粉砕されている
半農半漁、蒲鉾工場、民宿、酒屋などの商店
港町の約二八〇世帯　約八七〇人の家々が
木片に変わり　車はくず鉄となってそこにある
民家も寺院も区別はない
残されている建物は
母や父が通った豊間中学校の体育館が形だけ残り
薄磯公民館と刻まれた石碑台が転がっている
塩屋埼灯台下の人びとは木片と化してしまったか
水平線からやってきた大津波は
左手の平沼ノ内と右手の塩屋埼の岩山にぶつかり
真ん中の薄磯に数倍の力で襲い掛かったのだろう
どれ程の水のハンマーが町を叩いたのだろう

古峰神社も安波大杉神社も修徳院も消え
この平薄磯には神も仏もない光景だ
水の戦車が町を好き放題に破壊して去っていった

伯父夫婦や従兄が暮らしていたバス通りは
いったいどこなのだろうか
町の痕跡も消えてしまった
命が助かった従兄や町の人びとは
どのように裏山に逃げていったのだろうか
従兄妹たちと泳いだ
塩屋崎灯台下の薄磯海岸は
あの時と同じように荒い波を打ち寄せている
せめてもの慰めは
亡くなった父母や伯父と入院中の伯母に
破壊された故郷を見せないで済んだことか

目の前の数多の木片の下にはいまも死体が埋まっている
一片一片の木片には一人一人の命が宿っている
その木片が海へ帰り海溝の底に沈み
いつの日かふたたび数多の種を乗せて
この地につぎつぎと流れ着き
新しい命を数多の命を生み出すことを願う
とっぷりと裏山に陽が落ちて
木片の町には誰もいないが
数多の命の痕跡が息づき
暗闇の中から叫び声や溜息や祈りの声が聞こえてくる

ドドドー　ザザザー　ドドドー　ザザザー
ドドドー　ザザザー　ドドドー　ザザザー

＊福島県いわき市平薄磯

塩屋埼灯台の下で

――二〇一二年三月十六日　薄磯海岸にて

浜辺に降り立ち
黒い波頭が残した
石炭の煤のような
黒砂に見入った

残されたものは白砂に交じった
黒光りするまだら模様の海の傷
母の実家周辺に供えられている造花の花ばな
この浜辺の大波に百数十名がのまれた
上の伯母は入院中で従兄は逃げて助かった

あの日からちょうど一年が経ち
三姉妹の下の叔母の命はその日に消えて
海へ還っていった

塩屋埼灯台の下
荒波の打ち寄せる浜辺で
三姉妹が潮水にたわむれて
はしゃぐ姿がみえる

十数年前の母の葬儀の後で
また　遊びにおいで
と丸顔の優しい笑顔で
私に語りかけた叔母の声

叔母の家は隣り町の江名
海岸から近い山道を登っていくと
花々の咲いている玄関があった
振り向く地平線が眼の前だった

十年前に亡くなった母と同じ
腎臓透析をしていた叔母
きれいな水が必要だったのに
近くの病院では水もなくなっていた

葬儀の挨拶で喪主の従兄は
悔しそうに水のことを語った
「母は東京・横浜の病院に転院し
　戻ってきた時には弱りきっていました」

葬儀の後に
薄磯海岸に舞い戻り
黒砂に指でたわむれて
欠けた貝殻を拾い集めた

かつて三姉妹は貝殻を集めて
この浜辺で遊んでいた
夕暮れの灯台が灯る頃に祖母が
堤防から夕餉の時を知らせていた

海へ怒りをぶつけても
海から沈黙の潮騒の音
母や叔母たちに呼びかけても
遠くの大波小波が立ち騒いでいるだけ

〈本当は大人たちは予想がついていたんじゃない〉

市民団体・子供環境会議が
福島の子供たち二十五人と
首都圏の子供たち十五人を
静岡の山間の禅寺に招待した

朝は座禅を組み
昼はフットサルや流しそうめん
雨が降ると必死に逃げる
「大丈夫だよ」といわれると雨の中に駆け出した
夕食の野菜たっぷりのけんちん汁をみて

〈野菜の産地はどこですか〉
静岡の野菜だと知ると
〈食べてもいいんだぁ〉
〈お父さんやお母さんに持って帰りたい〉
〈家族の分も食べます〉

班ごとで模造紙に本音を記した
〈放射線のない所へ引っ越したい〉
〈差別されてる　福島はきれいですよ〉
〈政治家はなにをやっているの？〉
〈大人はおろか〉
〈子供の話を聞いて欲しい！〉
〈本当は大人たちは予想がついていたんじゃない！〉
〈命よりも金だったから、判断する力が鈍っちゃった〉
〈命が長く続く環境が欲しい〉

そして〈福島は見捨てられている〉と子供たちは語った
首都圏の子供たちから〈今度会いに行くね〉と言われて
バスに乗り込む時に福島の子供たちが泣いて告げた
〈今は来ない方がいいよ〉

＊二〇一一年九月九日付・朝日新聞記者中村真理「福島の子　本音　あふれた」を参考。

朝露のエネルギー　――北柏ふるさと公園にて

1

沼の水平線に朝日が浮かび
その光が水面をわたって野原に届く
クローバーの夜露の電球に
いっせいにスイッチが入る
電球は眠りから覚めて
太陽の子を孕んだ朝露の白色電球になる

2

沼のほとりの野原では

紫花のホトケノザの露
白花のナズナの露
桃色花のヒメオドリコソウの露
黄花タンポポの葉の露
白花タンポポの葉の露
紅紫色のカラスノエンドウの露
小さなツリー状の草草の露が
いっせいに白色電球を灯される
野原は白色光のジュウタンになる
野原の周りの樹木たちも葉にも
あまたの露が乗り光り輝く
そんな朝露の光に濁りはあるだろうか

3

かつてこの公園内にあるジャブジャブ池で

子どもたちに水着を着せて遊ばせた
いまも夏の光の中で子どもたちの歓声が響いてくる
水辺で子どもたちが掛け合う水しぶきが
むすうの虹になって目の前に甦ってくる
むすうの朝露の中に反射してくる

4

朝陽が家の屋根にも届く
太陽光発電が開始されて
炊飯器にスイッチを入れて
白米が炊かれているだろう
人は自分に必要な分だけ発電して
その恵みを感謝すべきだろう

5

三年前の三月にこの沼とこの公園内の野原にも
二〇〇㎞離れた核発電所からセシウム混じりの雨が降った
この公園にもセシウムが降りそそいだ
二〇一二年九月になっても植え込みから
一万五二九二ベクレルが検出された
その年の一二月にようやく除染が実施された
人は在り得ない事実を突き付けられる時に
ようやく現実を変えていく存在なのだろうか
子どもたちは一年半もの間にどれだけ被曝したのだろうか

6

沼の留鳥になった白鳥親子、シラサギ親子たちは
沼の水草や小魚などを食べて生きている
食べたベクレル数だけ細胞が壊されている
二〇〇㎞先の柏に放射性物質が

風雨と共に降りそそいだのは必然性がある
核発電所近くを通る国道六号線や常磐線を上っていくと
柏に到着することになっていたのだろう
空飛ぶ風神雷神も風の又三郎も被曝させてしまったのだろう

7

四次元の視線を持ち
みんなの本当の幸せを願った賢治なら
作業員を被曝させてしまう不幸な核発電を
子どもたちの細胞を破壊してしまう核発電を
稲作も畑作もできなくさせる核発電を
鳥も昆虫も小動物も魚も木々も野草の
遺伝子を破壊してしまう核発電を
けっして認めないだろう

8

故郷を破壊されて帰還できない人びと
放射能が高い場所でも暮らす他ない人びと
核発電事故で運命を変えられてしまった人びと
そんな人びとに朝露のエネルギーが届くことを願う
核発電を再稼働させて破滅的な未来を引き起こす人びとは
子どもたちの細胞と遺伝子を破壊する殺人者であり
核発電の近くの人びとの人権と
生存権を否定する反民主主義者だ
あまたの活断層がいまも動き出そうとしている日本列島で
最善のリスク管理は
核発電を再稼働させないこと
朝露のエネルギーで暮らすことだろう

請戸《うけど》小学校の白藤

海から三四〇ｍで外階段のついた三階建の塔
太陽光発電システムのついた二階建ての校舎
中は亀の甲羅のような珍しい楕円の体育館
そんな請戸小学校に近づくと
なぜか子どもたちの悲鳴が木霊してくる
あの時はどんなにか怖かったろう
海が真っ黒になって押し寄せてきたのだから

マグニチュード９の地震は
卒業式会場の体育館の床を陥没させた
子どもたちは海が引いてゆく奇妙な音を聞いたのか

それとも聞いたことのない海からの轟音を聞いたか
東電福島第一原発から五㎞の小学校は激しく揺れた
「津波が来る。大平山に向かって逃げるぞ。
　頑張って歩くんだぞ」

八十一名の子どもたちと教職員十三名は
一五〇〇ｍ先の大平山へ四〇分後に駆け上った
その十分後に津波は校舎を呑み込んだ

それから四年が過ぎ
漁船や家々の残骸は片付けられたが
壊れた藤棚から白藤が地を這い
荒れ野の中で逞しい白光を放っていた
二階建ての請戸小学校の時間は凍りついたままだ

校舎よりも高い塔に過去二回は昇ることができて
第一原発の排気塔を眺めることができた
しかし今は階段は封鎖されて昇ることは出来ない
階段が老朽化してしまったからか
ところでこの塔はどんな目的で作られたのか
津波を見張るためか、原発の爆発を見守るためか
いや美しい朝焼けを見るためだったか
何か他の目的があったはずだろう
子どもたちにこの塔をどのように
利用していたかを聞いてみたい

各教室の後ろの本棚には
絵本、図鑑、教材などが残ったままだ
原発の交付金で作られたプレートも残ったままだ
二〇〇名近くを浚った津波や原発事故を目撃できた小学校

これほど危険な場所になぜ小学校が作られたのか
そんな危機を事前に予知していた大人たちがいなかったか
知っていてもなぜ語らなかったか

いま請戸小学校周辺はショベルカーが地をならし
汚染土の仮置場になる臨時の仮置場になっていた
藤の白い花が咲いている学校脇も
次に私が来る時は仮置場になっているか
いや請戸小学校も仮置場にされてしまうか
大人たちの愚かな記憶を葬るために
けれども決して恐怖の記憶までは葬れないだろう
請戸小学校の花壇には白藤以外にどんな花が咲いていたのか
大平山から数キロ歩いて六号線に着き
トラックに助けてもらった時にどんな思いだったか
今は中学生か高校生になった子どもたちに聞いてみたい

福島の祈り

——原発再稼働の近未来

父や母の通った豊間中学校の体育館が
3・11の津波でぶち抜かれて
残されたシャッターが海風に
ひらひらと揺れていたのを見た時に
いわきの薄磯海岸で何が起きたのか
分からずに夢の中にいるようだった
あの時に中学生たちはどのように逃げたのか

ひと月後に立ち寄った蒲鉾工場や海の家の町は
思い出を剝ぎ取られた木片と鉄片の廃墟だった

バス通りに沿った家々は全て破壊されて
水の銃弾が薄磯町をなぎ倒していった
その校舎や家々が壊されていく破壊音が
胸を掻き毟り今も消えることはない
故郷が目前で崩れていく擦過音だった

あの日から五年近くが経ち更地になった町は
復興することもなく空地のままだろうか
海の神に連れさられた母の遠縁の叔父夫婦から便りはなく
山へ逃げて助かった人びとは
少し高い場所に暮らし始めているのだろうか
水平線と共に暮らす人びとは
きっと水平線を恨み続けることは出来ないだろう
海の神は次の津波の準備をしているかも知れない

私の先祖は松島で船大工をしていたそうだ
母の実家を引き継いだ従兄弟から町での屋号は
〝でえく〟（大工）と言われていると聞いた
私の先祖は太平洋の黒潮に乗って北上し
福島の浜辺に住みつき船大工をして漁師を助けた
鈴木という苗字は稲作を広めた人びとだ
思えば母方の祖母は亡くなる直前まで稲作の心配をしていた
自分の命よりもその年の米の出来を気にしていた

福島に黒ダイヤと言われた石炭が産出し
祖父と父は石炭を商うために故郷を捨てて東京に住みついた
祖父も父も戦前・戦後の下町のエネルギーを支えたが
昭和三十年代に石炭屋は役目を終え店は潰れた
そんな斜陽産業の息子だった私は石炭風呂をたてながら
黒ダイヤの燃える炎が静かに消えていく光景を見ていた

残照は美しく心に残り夜空の星の輝きと重なっていった

石炭産業も衰退した過疎の浜通りに目を付けた東電は
双葉郡の払い下げられた軍用飛行場跡に目を付けて
「クリーンで絶対に安全な福島原発」を
一九七一年に稼働させた
母方の伯父夫婦が来年に福島原発が稼働することへの
不安な思いを話していたことを今も思い出す
すると私は激しい怒りのようなものが溢れてくる
福島・東北の浜通りは、津波・地震などの受難の場所だ
そんな所に未完成の技術の危険物を稼働させてしまった
誰も事故の責任を取ることがない恐るべき無責任さに
現代の科学技術は人間や地球を破壊しても構わないのだ
避難している人びとを犠牲にして東電は黒字を確保している

半径三〇㎞ゾーンといえば
東京電力福島原子力発電所を中心に据えると
双葉町　大熊町　富岡町
楢葉町　浪江町　広野町
川内村　都路村　葛尾村
小高町　いわき市北部
こちらもあわせて約十五万人
私たちが消えるべき先はどこか
私たちはどこに姿を消せばいいのか
　（若松丈太郎「神隠しされた街」より）

一九九三年にチェルノブイリへの旅の後で書かれた若松さんの詩篇は
今もその予言性を語り続けている。
二〇一五年に鹿児島・九電川内原発が再稼働された
その他の原発も稼働させるのだろう

福島の祈りを無視すれば
近未来のいつの日か
海の神や大地の神によって
「私たちはどこに姿を消せばいいのか」
と突き付けられる日が必ず来る

薄磯の疼きとドングリ林

ザー　ザー　ザー　ザーと昼下がりの海が鳴り響く
塩屋埼灯台の下に広がる薄磯の砂浜で少年の私は
半世紀前の夏休みに背丈を越える荒波にもまれていた
夕暮れ近くになると腰の曲がった祖母が
防潮堤から手を振って夕食を教えてくれた
卓袱台には鰹の刺身が大皿に盛られていた
働き者で身体が衰えても田植えに行くと聞かなかった
防潮堤の後ろに先祖の墓地や玉蜀黍《とうもろこし》畑が広がっていた
それから祖母が亡くなりその墓地に埋葬されたと聞いた
今も祖母の葬儀に行けなかったことが疼いている

コケコッコーと鶏が日の出の海風を切り裂いていった
従兄と豚の餌のためリヤカーを引いて近所を回った
伯父の行商の軽トラックに乗って山道を越えて
豊間や江名や沼ノ内などに魚売りの手伝いをした
帰りに薄磯の砂浜に降りて伯父と駆けっこをした
それから多くの時間が流れ伯父の葬儀の時に
お清めの場所になったのは墓地跡の公民館だった
墓地は山に移転されたと従姉妹から聞かされた
二〇一六年十一月二十三日の薄磯の砂浜で
ザー　ザー　ザー　ザーと日没後の黒い波音が鳴り響く
二〇一一年四月十日には胸張り裂ける波音を聞いていた
母の実家や公民館や豊間中学校の体育館が破壊された疼き
いま以前よりも二m高い七・二mの防潮堤が建設中で
町の跡に幅五十m高さ十・二mの防災緑地の土が運ばれ
里山からのドングリを植えるプロジェクトが進行中だ

親族を含め百二十名以上が流されたこの町がいつの日か
ドングリ林と先祖の眠る墓地跡から守られることを願う
流された命よ魂よ　還っておいで　いつでもいいから
ザー　ザー　ザー　ザーと朝陽に輝く白波が打ち寄せる

Ⅳ

生きているアマミキヨ

アマミキヨが降り立った久高島を望める
斎場御嶽《せーふぁうたき》に行こうと思った
その前に稲作発祥の地である受水《うきんじゅ》・走水《はいんじゅ》を探していると
いつのまにか迷子になって浜辺に向かっていた
ガジュマルの根が垂れ下がる岩の洞窟の中に
アマミキヨが仮住まいをしたという小さな御嶽《うたき》を見つけた
湧水の地とも言われる湿った場所で
ひとりのユタのような女性が屈みこみ祈りを捧げていた
すると小雨ふる曇り空の切れ目から
幾筋もの光が降りてくると

うすぎぬの衣をまとうシャーマンとおぼしきユタは
立ち上がり誰もいない浜に降りて行った
波打ち際にすっとたたずんで
うすぎぬが海風に吹かれてなびき
波に隠れる突き出た岩礁の方角に向かって
合掌し静かに祈りを捧げていた
白い浜と碧の海と青い天をつなぐ存在として
ユタは海の彼方にあるニライカナイという楽園からの
風と光の便りに聴き入り
天空の果てから祖先の霊を受けとめるかのように
その祈りはいつまでも続いていた
うすぎぬをまとう人は何を祈っているのだろうか

神の降り立った沖縄の天然の海辺を畏敬する心を呼び起こし
五穀豊穣や家族の安寧を祈っているのか

病に負けず沖縄の思いを伝える翁長知事の回復を願っているか
駐留米兵に犯されて殺された乙女たちの魂の救済だろうか
空から降ってくる軍用機の騒音や機体の恐怖が無くなる日をか
辺野古の浜や海の美しい貝やサンゴやジュゴンたちの生存権か
空から降ってくる軍用機の騒音や機体の恐怖が無くなる日をか
キャンプシュワブゲートで座り込む人びとの不屈の思いをか
東村高江のヘリパッド工事で居場所を追われる
天然記念物のノグチゲラやヤンバルクイナの悲鳴を聞き
石垣島・自衛隊駐屯地の予定地のイモネヤガラという蘭、
オオシママドボタル、イワサキゼミ、ヤエヤマセマルハコガメ
などが絶滅していかないように祈り続けているのか

ああ、あの人こそは
生きているアマミキヨなのかも知れない
祈りを終えると振り向きながら

海を背にこちらに向かってやってくる
「初めまして、私は稲福米子と申します
今日は私たちの先祖の供養をする日なので
祈らせていただきました」
「お祈りを拝見させていただきました
ところで受水《うきんじゅ》・走水《はいんじゅ》は近くにありますか」
「今きた道を戻ると　右側に路標があり入る道がありますよ
私の遠い先祖がこの地に稲をもたらしたと聞いています
良き一日をお過ごしくだささい。お祈りいたします」
そう告げるとうすぎぬの衣をなびかせて立ち去って行った

受水《うきんじゅ》・走水《はいんじゅ》はその名の泉から水を引き
ただ稲が植えられている御穂田《ミフーダ》だけがあった
天と地からの清らかな水の流れに稲が立ちすくんでいた
稲福さんの先祖がニライカナイから稲をこの地にもたらし

沖縄の湧水で稲作をして沖縄中に稲を広め
そんな沖縄ルートの稲が日本本土にも届いたのかも知れない
私の先祖は船大工でありながら稲作を広めて東北《みちのく》へと
黒潮に乗って北上した一族でもあったと聞いている
遡れば私の先祖も稲福さんの先祖につながっているのだろう
稲福さんの供養は私の先祖への供養にもなっていたのだろう
そんな沖縄人の心を知らされて斎場御嶽《せーふぁうたき》に向かって行った

残波岬のハマゴウ

残波岬に押し寄せ
砕ける波音が聞こえてくる
断崖絶壁が二キロも続く残波岬に近づくにつれ
見たことのないささくれだった
珊瑚礁が隆起したと言われる琉球石灰岩が
靴底を突き破るような痛さを感じさせた
米軍はこの岬の外れの残波ビーチへ真っ先に上陸し
近くには射撃場と飛行場を作った
貝殻の化石も目に付く岩場には
ハマゴウが這うように茎や枝を広げ

青紫色の花々をつけている
左手に残波岬灯台が突端にすっと立ち尽くしている
右手には本部《もとぶ》半島と伊江島が見える
東シナ海を望む沖縄本島の最西端の地は
東アジアの国へ向かう出発の地であり
また灯台を目印とした到着の地であったのだろう
残波岬の碧い波は白く砕け、見るものを引き込んでいく
時にクジラもエイもサメも泳いでいる
なぜこの場所が自殺の名所とも言われているのか
人はあの碧い海が白い波に変わるところに
身を休めたいと願う疲れた魂を抱える時があるのだろう
けれども海風に抗いトンボが舞うさまや
ハマゴウの葉や花々に心いやされ
東アジアを望む紺碧の海に旅だっていった
先人の足跡に勇気づけられて

多くの人はまた波乱に富んだ日常に戻っていくのだろう
残波岬は命の在りようを感じさせる不思議な場所で
東アジアに開かれていく光り輝く疼きの場所なのだろう

読谷村からの手弁当

朝五時半に起きて六時にフロントに降りていくと
ちょうどKさんがホテルに入ってきた
県庁前の六時半のバスで辺野古に向かう
読谷村《よみたんそん》の詩人Aさんと辺野古テント村で待ち合わせをした
Aさんは二日に一回、辺野古で座り込む人々のために
十数食の手弁当を手作りして持ってくる
朝食を食べていない私とKさんに手弁当を勧めながら
その食材を詳しく説明してくれる

梅干しや大豆が入りの海苔巻きおむすび

自家製の野菜を入れたお好み焼き
海で釣ったグルクン（高砂）やタコの唐揚げ
大根の浅漬けなどを明け方から調理して持ってくる
辺野古の浜辺に建設予定の海上基地に
身体を張って反対し座り込む人びとのために
淡々とお弁当を作り届け続ける

一九四五年四月一日午前八時三十分
連合軍沖縄攻略作戦の約四十五万人は読谷村から上陸した
Aさんはそんな読谷村の洞窟《ガマ》の悲劇が起こった海辺から
キャンプ・シュワブの同志たちと機動隊との流血を心配し
今日も一日おきに辺野古にやってくる
甥っ子や土地を売り渡した親戚との
切り裂かれた痛みを確認するために
沖縄を二つに切り裂いていく痛みを確認するために

辺野古を引き裂くもの

辺野古キャンプ・シュワブゲート前には崖がある
そこに登るとゲート前とゲート内の動きが見える
Aさんは来るたびにダンプと生コントラックが
何台ゲートから入ったかを数えている
朝の九時前に「沖縄県民の民意を弾圧するのは止めろ！」
と口々に叫びながら約六十名の人びとが座り込んでいる
道路を挟んで眼下に座り込みが広がり左右の道路には
砕石を積んだ二〇トンダンプと生コントラックが渋滞する
ゲートの中から本土の機動隊や沖縄の警察官が百名近く現れる
座り込む者たちの子供か孫の世代の若い機動隊たちが

マイクのリーダーの非情な指示の下で
三、四人で座り込んだ一人ひとりをゴボウ抜きして
次々に道路に作った囲いの中に入れていく
座り込む人びとを写真にとる機動隊員
二〇トンダンプカーの前にプラカードを掲げる人たちを
ロボットのように無言で排除する機動隊員たち
きっと座り込む人びとを「土人」のように思わなければ
精神のバランスは取れないかも知れない
Aさんは親族の甥っ子の二人がいるかも知れないと呟く
親族の一人は海上基地に賛成し米軍に土地を譲り渡した
崖上に登ってきたAさんは辺野古海上基地が
親族を切り裂いてしまったと悲痛な思いを語った
甥っ子に迷惑がかかるから反対運動はするなと言われたそうだ
沖縄の情況はまさにAさんの切り裂かれた心に違いない
抗議をしながらの座り込みが終わり六十名が引き抜かれると

ゲートが空きダンプと生コントラックが百台以上入っていった
Aさんはその道路交通法に違反する違法な過積載の
ダンプカーと生コントラックの数を黙々と数え始める
それが終わるとAさんは座り込んでいた人びとを労い
疲れ切った座り込んだ人びとにお弁当を手渡していく
穏やかだが激しい怒りを隠しながら

サバニと月桃《げっとう》

詩人Yさんの友人で畜産家の奥さんであるMさんが
まず初めに白保サンゴ村に連れて行ってくれた
サバニ（スウニ）の製造の方法が写真入りのパネルで解説され
実物より小ぶりのサバニが置かれてあった
このサバニでサンゴの海を渡り、魚を取り人や荷物を運んだ
島々をめぐる暮らしに欠かせないものだった
私の先祖は福島浜通りで大工の屋号を持った船大工だった
かつて南のどこかの海辺から船に乗って
遥かな楽土を求めて東北の寒村に流れ着いたのだろうか
サバニを眺めていると先祖の誰かが沖縄に暮らしていて

サバニに乗って島々を巡って北上していく幻想に駆られてくる
近年サバニの漁法が見直されサバニレースも行われている
亡くなった沖縄の詩人真久田正もそんなレースを企画した
私の中の海を切り裂いて渡る血が疼いてきた

Mさんがサバニの脇の食堂でランチを用意してくれた
月桃の葉で包んだ雑炊を固めた混ぜご飯
豆腐、かまぼこ、アーサーをショウガで味付けしたアーサー汁
アーサーは正式には一重草《ひとえぐさ》といい本土ではアオサともいう
海辺の岩場から摘んできたアーサー汁は沖縄の海の香りがする
ピーナッツバター、ニンニク、味噌で和えたパパイヤ
Mさんはこれが石垣島の日常食だと説明してくれた
石垣島の米はベトナムのように二期作・三期作で豊かな土地だ
MさんはYさんの詩集に感動し編集した私に電話をくれた
一冊の詩集の縁が私をこの地に引き寄せて

庭に咲いている月桃の黄花を包み込む白い花を見せてくれた
Mさんは月桃の花を見ると戦争の悲劇を思い出すという
敗戦五十周年を機に作られた映画『月桃の花』や
海勢頭豊の名曲「月桃」の歌詞や曲を思い起こすからだろう
月桃の花は山に疎開させられマラリアで亡くなった石垣島の
三六〇〇人以上の死者への悲しみを甦らせる
その葉は虫よけになり茶葉になり石垣島の暮らしを支えてきた

福木とサンゴの石垣

Mさんによると子どもが産まれると
祖母は鍋の底の煤を赤ん坊の額に付けて
「村もちの子になりなさい」
「島もちの子になりなさい」
と村のため島のために役立つ人間になるようにと呟くそうだ
Mさんの夫も息子もそう言われたという
家業の石垣牛について尋ねると
夫と息子が一〇〇頭の牛を飼っているらしい
お釈迦様の仏像の眼は牛の眼を参考にしたといわれ
牛を聖なるもののように感じているようだ

白保《しらほ》海岸に向かって牧草地を車で走っていくとあの辺りが
一七七一年の明和大津波で盛り上がった丘だという
宮古・八重山両列島で死者・行方不明者約一万二千人
その中でも石垣島は死者九四〇〇人で最も被害が大きく
十四の村が流され、住民の数多くが死亡している
白保村も六十ｍの津波で大半の一五〇〇人が亡くなっている
その後に波照間島などの人びとが移り住み村は再建された
Ｍさんはほんの少し前に起こった出来事のように話した

白保村の古民家の石垣はサンゴが積まれていることに驚いた
石垣の背は家の中が見えるくらいに低く
緊急の場合があれば助け合っていたからだという
石垣の中には福木《ふくぎ》が生垣のように等間隔で家を取り巻いていた
両手を手首で合わせて広げたような葉の付き方は
どんな豪雨が降ろうが受け止めてしまう防風雨林のようだった

サンゴの石垣と福木があれば台風の暴風雨にも耐えられる
白保の海は果てしなく広がり
白浜の岩場にはアーサーが黄緑色を輝かしていた

生物多様性の亀と詩人

Mさんの車でYさんと一緒に生物多様性の宝庫と言われる
石垣島全体を一望できるバンナ岳の山頂に向かう
途中に「八重山戦争マラリア犠牲者碑」にお参りする
日本軍八〇〇〇人は石垣島の人びとを
このバンナ岳や於茂登岳《おもとだけ》の粗末な共同山小屋に追い立てた
マラリア蚊は次々に島民たちを射していった
ギニーネもなく民間療法の野草の青汁が使われたが
死亡率は三〇%で三六〇〇人以上の人びとが亡くなった
三〇〇mの山頂からは曇り空で微かに島全体が浮かんできた
Yさんがあのゴルフ場と市の自然林の当たりにと指をさす

ミサイル基地は着々と予定されているとのことだ
日本軍が島民を守るどころかマラリア蚊の多い場所に
追いやって多くの島民を無駄死にさせた
今度はミサイルを持ち込み戦争の災いを招くのではないか
Yさんの詩の言葉「日毒」を再び振りまくことではないか
生物多様性の「癒しの島」と言わる石垣島の未来について
Mさんも Yさんも雨空のように顔を曇らせる
微積分などを教える数学塾の先生の Yさんにも
反対署名を拒絶しミサイル基地を受け入れる市議会たちの
目先の利益を優先し環境を破壊する頭の構造は理解できない
その夜 Yさんと石垣島の焼き肉店で石垣牛を食べ泡盛を飲んだ
私が Yさんの家の庭のクワガタエノキを眺めて散策していると
何か硬いものを踏みつけてしまった
すると何匹もの亀が逃げて行った
Yさんによると背丸箱亀という台湾から八重山諸島にいる亀で

昔から家に住み着いているという
ホテルに帰って調べてみると驚いたことに
その背丸箱亀は天然記念物であり
「ごめんなさい」と謝ったが足裏には硬い感触が残った
石垣島で暮らすということは
捕獲してはいけない天然記念物と
共に暮らすということなのだろう

V

タイアン村の海亀

一九七〇年夏の福島県浜通りの町に住む
伯父夫婦は数十キロ先の福島原発が
来年稼働することをこわごわと話していた
そんな光景が今も胸に焼き付いている
二〇一一年三月十一日の東日本大震災で
海や山の恵みで暮らしていた二七〇世帯の家々は
津浪が押し寄せて壊滅してしまった
伯父夫婦の息子は運よく高台へ逃げることが出来たが
母の妹の叔母は透析のため病院移転の疲れで
一年後の三月十一日に急死してしまった

「波の神」といわれる津浪伝説を持つ
ニントゥアン省のファンラン市から北へ二〇km
人口二〇〇〇人が暮らすタイアン村
海亀が生息しサンゴ礁もある美しい海岸線
豊富な魚介類　葡萄、葱、大蒜の農産物
山羊、羊、牛、鶏の家畜
穏やかな気候の中で人びとは笑顔で暮らしていた

福島原発事故の起こる半年ほど前
二〇一〇年十月にこの地に原発を作ることを
ベトナムと日本政府が取り決めた
村人たちは北数km先へ移住させられた

けれど二〇一二年五月二十一日　ベトナムの市民四五三人が署名し
日本政府がベトナムの原発建設を支援するのは

「無責任、もしくは非人間的、不道徳な行動だ」と抗議する文書が
在ベトナム日本大使館や日本外務省に送付された*

日本政府はこの抗議にどのような回答を持ち合わせているだろうか
放射能汚染の影響でいまだ十六万人もの避難者を出しながら
ベトナムの人びとの不安や恐怖を押し切って
日本で破綻した「安全神話」を回答にして
原発を二〇一五年から建設し二〇二〇年に稼働させてしまうのか
「波の神」は原発を越えてしまうのではないか
サンゴ礁を泳ぎ海辺に卵を産み付ける
海亀の未来を奪っていいのだろうか
タイアン村の暮らしを永遠に奪っていいのだろうか

＊「東京新聞」二〇一二年七月十二日付記事及び、国際環境NGO「FoE JAPAN」のHP参照。

己を知っている国、己を知らない国

ベトナムでは信号がなくても多くのバイクや車は
街角でもぶつかることなくすれちがっていく
バイクの後ろには家族や恋人、生きている豚や日用品など
あらゆるものが肌を合わせて運ばれている
そんな光景を驚きながら見守っていた
互いがスピードを落として相手の距離や
互いの姿や顔を見ながら行動しているのだろう
街角には食堂兼カフェがあり人びとが静かに語り合っている
忙しいけれども、木陰でどこかのんびりしている

日本は二〇一〇年に数多くの経済支援の項目の中に
原発を盛り込んでベトナム初の原発二基の建設を受注した
翌年の東電の原発事故を目撃していた夏に、
私はベトナムのハノイの街に初めて降り立った
仲間たちとダイオキシン被害の子ども達の実態調査と
そんな子供たちの新しい家を支援するために

ダイオキシン被害支援の会長の元副主席グエン・ティ・ビン女史と
子供たちの支援の報告を話す機会があり別れ際に
私を含めた日本人たちは次々と
福島の原発事故の教訓から原発建設の見直しを進言した
一九六九年パリ和平会議の臨時革命政府外相だったビン女史は
静かに福島の悲劇や私たちの助言を聞いて下さった
日本の勝手な成長戦略のために
使用済み核燃料を最終処分できない

不完全な技術の原発を輸出しようとする
そんな日本政府の姿勢はベトナムの民衆のためにはならない
原発事故で美しいベトナムの国土を失わないために
原発ではなく自然エネルギーなどの発電を勧めた

その席で『原爆詩一八一人集』の英語版を
フランス語や英語に堪能なビン女史にプレゼントした
その時にベトナムの詩人一〇〇人と
日本の詩人七〇人を合わせた詩集を
作らせてもらいませんかと提案した
そのことが『ベトナム独立・自由・鎮魂詩集175篇』として
二年後に実現するとはその時には思わなかった
ビン女史の祖父は詩人でホーチミン大統領に
影響を与えた独立運動の指導者であった
ビン女史の指示でベトナム文学同盟の詩人たちが紹介されて

二〇一三年夏にベトナム語・日本語・英語の合体版詩集が完成した
一番喜んでくれたのはきっとビン女史だったろう

それから三年が経ち二〇一六年にベトナム政府は
ニントゥアン省のフォックジン地区のロシアの二基と
ビンハン地区の日本の二基の原発を
「現時点で多額の投資は非常に困難」で
「原発の安全性に懸念を表明」し
「延期の方向で計画を再検討する方針で一致した」*という
二〇二九年に建設される予定の原発が
きっと永遠に延期されることを
ベトナムの政府も民衆も願っているのではないか
ロシアと日本の経済援助も民衆のためのものを残し
そうでないためのものは延期し続けるのだ

ベトナムの事情に詳しい知人から聞いた話では
ベトナムの原子力エネルギー担当者の幹部が
失敗が許されない原発を稼働させることは
ベトナムの国民性に合わないと語ったそうだ
なんとベトナムは謙虚で己を知っている国ではないか
「想定外」という言葉で責任逃れをし続ける日本は
なんと傲慢な己を知らない国ではないか
日本もアメリカもフランスもロシアも中国なども
原発に取りつかれた国はもはや先進国ではなく
ただの未完成の科学技術を過信し
国民も国土も地球も被曝させていく「己を知らない国」だ

ベトナムは恋人に詩で語りかける国だ
日本も詩や短歌や俳句を日常的に愛する国だ
ベトナム人も日本人も本当は詩を愛し己を知り
他者の幸せを願う人びとなのだ

＊東京新聞二〇一六年十一月七日朝刊掲載記事より

月城《ウォルソン》

山道を車で走ると月城という美しい名をもつ場所にきた
この附近に月城原子力発電所があると通訳の権宅明さんが告げた
中村純さんは放射能測定器を見ていた
海岸線の道にでるとしばらくして月城原発が見えた
尿からセシウムが出た子を持つ中村さんは写真を撮っていた

施設の一部が肉眼で見ることができた
月城原発は四基が稼働していて
一号機は韓国で二番目に古く一九八二年に稼働した
今年の二月には四号機の蒸気発生器から冷却水が漏れて

十一人の作業員の誰かが被曝したという記事を読んでいた
隣接する新月城原発は一号機が稼働し二号機が試運転中らしい
車から見えるのは原発のどんな施設なのだろうか
人びとの暮らすこんな近くに原発が存在していた
蔚山の工業地帯の電力はこれらの原発に頼っているのか
福島の悲劇がこの月城に起こらないことを祈るばかりだ

東海の澄んだ青い海に放射能は流されているのだろうか
魚介類にセシウムが累積されていないだろうか
きっと日本の原発と同じように「安全神話」が繰り返されて
本当の情報は知らされないのかも知れない
いつか東海から昇る月の光が放射能のない月城を照らす日が来るだ
ろうか

モンスーンの霊水

1

一月の早朝、北西の風が背中を叩く
黒土の田に残る雨水は、凍りついている
赤光の朝日が、氷面に広がり
反射光が、全身を貫通していった
寒さと温かさに前後から襲われ
私は近くの「柏ふるさと公園」へ足早に向かう
二本のクスノキの霊木を見上げるために
陽だまりの野には、ナズナやホトケノザの野草が咲き始め
霜柱の間で春を作り始めている

野鳥の鳴き声がガラス体の空間に響き渡る

2

故郷の福島の北西の風に乗って
東京電力福島第一原発事故のセシウムは
二〇〇㎞離れたこの公園にも
雨と一緒に降り注ぎ大地に染み込み
河川に集まったセシウム水は
公園内の手賀沼に注ぎ込まれた
一万ベクレルものセシウムが川底に滞留し
鴨や鷺や白鳥などの水鳥たちは
放射能汚染水の中で子育てをしている
早朝の釣り人たちは、食べられない魚に糸を垂れている
原発事故を忘れてしまったかのように

3

高烔烈《コ・ヒョンヨル》さん　韓国の詩人たちよ
林莽《リン・マン》さん　中国の詩人たちよ
いったいモンスーンはどこから吹いてくるのか
あなたたちの国の霊木霊水のことを聞かせてほしい
東アジアの隣国である韓国・中国・日本
仏教精神を共有する人びとは、木や水に霊の力を感じていた
私たちの肉体はモンスーンの霊水から成り立っている
韓国の国花の木槿《ムグンファ》に降り注ぐ
中国の国花の牡丹に降り注ぐ
日本の国花の桜に降り注ぐ

4

かつて日本政府は水俣湾に有機水銀を垂れ流す企業を擁護した
初めに漁港に落ちていた魚を食べていた猫が狂い死にした

次に水俣の一二〇〇名以上が神経を冒されて
人間の尊厳を破壊されて死んでいった
今も数万人の患者は生涯続く苦しみの中にいる
そんな人間への冒瀆は原発事故でも繰り返された
十五万人もの人びとは
故郷を追われて帰還の目途が立たず
避難者たちの中には自殺し病を悪化させ命を落としている
メルトダウンした原発は放射性物質を発射し天地人を汚した
三〇㎞も離れた飯舘村には最悪のモンスーンが流れ込み
高濃度の放射性物質が降り注いだが村人には後から知らされ
遺された牛たちも、牛舎の柱を齧りながら餓死していった
原発さえなければこんな悲劇は起こることはなかった
それでも再稼働させる勢力は地球の未来の時間泥棒だ

5

一九四五年八月六日・九日　広島・長崎に原爆投下
一九五四年　ビキニ環礁の水爆実験
米政府は潜水艦用小型原子炉を発電用原発に転用し
平和利用として日本に勧める
一九七一年　東京電力福島第一原発稼働
一九七九年　スリーマイル島原発事故（アメリカ合衆国）
一九八六年　チェルノブイリ原発事故（現ウクライナ）
一九九九年　東海村ＪＣＯ臨界事故（20㏜を浴び二名死亡）
二〇一一年三月十一日　東京電力福島第一原発事故
スリーマイル島原発事故以来、
十年に一度は大きな原発事故が起きている
二〇二X年　韓国・中国などのアジアで原発事故が起こるだろう
日本も再稼働していたら地震国なので特に危ない
原発の周辺数百㎞の自然や街や共同体は破壊されるだろうか
韓国と中国は国土が汚染されて、愛する故郷を喪失する恐れがある

その可能性を完全に否定するのは原発を停止するしかない
核燃料のゴミや汚染水はいったいどこに捨てるのだろうか

6

高炯烈さんら　韓国の詩人たちよ
林莽さんら　中国の詩人たちよ
いったいモンスーンはどこから吹いてくるのか
決してモンスーンに放射性物質を乗せてはならない
モンスーンにはいつまでも霊水を運ばせるべきだった
核実験を繰り返す国々によって地球は汚れ続けている
核兵器も原発も人類と共存しない
どうしたら核兵器と原発を廃棄できるだろうか
電気の発電は自然エネルギーによる多様な方法がある
なぜ原子核に中性子を貫通させる核分裂に固執するのか
都市を一瞬で破壊する力を政治家・軍人が望んでいるだけだ

他国を破壊する麻薬のような権力を放棄させる方法はないか

7

韓国と中国の詩人とソウルや北京の場末の居酒屋で話したい
また私が希求する故郷と異郷の根底に広がる「原故郷」という
アジアの地平にどんな精神性が相応しいか尋ねてみたい
木槿と牡丹と桜が同時に咲く桃源郷である「原故郷」を想起し
時間が経つのも忘れて詩の本質を語りあうのだ
日本人なら松尾芭蕉のいう「本情」と言いたくなるだろう。
それは固有の存在者に内在し、主客合一の深層に横たわる
高炯烈さんなら仏教の「空」や荘子の「無限」と語るだろうか
林莽さん 中国の詩人たちはどのように語るだろうか
アジアの深層には「原故郷」があり
その天空にはモンスーンが吹き流れ、時に風は反転する

8

二度と広島・長崎以外で核兵器は使用されてはならない
あの日、爆心地から数百mから二㎞で
民家の撤去作業をしていた学徒動員の数千名の子供たちは
頭や顔の皮膚を瞬時に剝ぎ取られ肉を焼かれ
水をもとめて死にながら走り、川になだれ込んで行った
そんな地獄の光景を二度と人類は生み出してはならない

原発事故の最中に最も重要な汚染情報は知らされなかった
逃げた場所はもっと放射能が高かった人たちもいた
あの時に四基の原発を制御できることは誰も出来なかった
私の街に降り注いだセシウムの線量も後から知らされた
核兵器と原発などの破壊兵器を廃棄する世界を夢見ることが
アジアという「原故郷」を創り出す原点になるだろう

9

高炯烈さんら韓国の詩人たちよ
林莽さんら中国の詩人たちよ
いったいモンスーンはどこから吹いてくるのか
一九七一年に稼働した福島原発の危険性を指摘してきた
南相馬市の若松丈太郎さんは後にチェルノブイリを視察して
自分の暮らす二十五km圏内などがどうなるかを
一九九三年に詩「神隠しされた街」で予言的に語られていた
若松さん以外の日本の詩人たちも警告を発していたし
私も二〇〇二年に発表した「シュラウドからの手紙」で記した
「東北がチェルノブイリのように破壊される日が必ず来る」と
自然を支配できると奢った人類には
まだまだ悲劇が足りないのだろうか

10

モンスーンよ
日本海（東海）、竹島（独島）、尖閣列島の境界を楽に越えろ
その場所はアシカやアホウドリなどの野生の動植物の楽園だ
島を奪い合う人間よ　モンスーンの霊水や島の霊木を汚すな
モンスーンの命の根源に寄り添うことができるか
高炯烈さんや林莽さんたちの両手が
天上から降り注ぎ湧き水となった霊水を
いま汲み上げようとしているから

元総理と現総理を鞭打ちたくなった

1

二〇一一〇年のあの日から十年目が近づいてくる
新たな詩集と浜通りの文学史を記した評論集と
来春の「福島浜通りの震災・文学フォーラム」の打ち合わせで
南相馬市の詩「神隠しされた街」を書いた詩人に会うために
千葉県柏市から常磐自動車道に入り
一時間ほど車を走らせると茨城県水戸市を越えて
まだ廃炉を断念しない東海第二原発のある東海村が見えてくる
二〇年前程前の一九九九年には東海原発で
ウランの核分裂が手作業で引き起こされた

二人の作業員がバケツでウランを取り扱っていて
一〇シーベルトで即死すると言われていたが
二〇シーベルト近くの青い光を浴びた作業員二人は
細胞が再生することなく内側から破壊されて
そのうちの大内久氏は八十三日間も苦しみ化け物のようになり
日本で初めての臨界事故で死んでいった
手の施しようもなく涙ながらに医師たちは
原子力行政は「人命軽視が甚だしい」と語った
しかし多くの日本人たちはこの臨界事故の深刻さから学ばなかった
私はこの事故を機に原発についての詩「二十世紀のみどりご」
「カクノシリヌグイ」「シュラウドからの手紙」などを記した
その三〇年前の東電福島第一原発が稼働する一九七一年頃から
南相馬市の詩人は原発の危険性を発信し続けていた
なぜその詩人や高木仁三郎や臨界事故など様々な警告に
原発を肯定する日本人たちは目を背け続けたのか

2

十月に中曾根康弘元総理が百一歳で亡くなった
菅義偉《よしひで》内閣と自民党による合同葬儀が東京都内で一億円をかけて行
　われた
その合同葬に合わせ、文部科学省が全国の国立大などに
弔旗の掲揚や黙禱をして弔意を表明するよう求める通知を出してい
　た
一九五四年当時改進党の代議士だった中曾根康弘が
アイゼンハワー米国大統領の「核の平和利用」の意向を受けて
原子炉築造予算として二億六千万を国会に提出し成立させた
その後に今も続く原発行政がもたらした悲劇の歴史の始まりだった
その歴史を作り出した人物に対して葬儀代を公費で出し
国立大などの多様な考えの教育関係者たちにも弔意を強制した
秋田県出身で人事で官僚を鞭打つことに長けた菅義偉総理は

私の大学の何年か先輩でどこかですれ違ったか知れないが
情けないことに原発事故から何も学んでいないのだろうか
宮城県の女川《おながわ》原発の再稼働を推進し「安全神話」を手放そうとしない

東北出身の総理が東北の浜通りをいつまでも危機に曝し続ける
中曾根元総理の出身地で二十回も当選させた群馬県の人びとも
冷静に元総理の原子力行政への関わりが
福島浜通りの人びとや多様な生き物たちに
どんな悲劇もたらしてきたかを知るべきだろう
残されたデブリはどう取り出し処理したらいいのか
溜まり続ける汚染水をどう処理したらいいのか
そんな放射性物質が残り続ける地域を故郷に持つ人びとは
これからもどう生きていったらいいのか
元総理が日本列島を「不沈空母」と言ったが
日本列島は四つのプレート上に乗った不安定な存在でしかない

そんな海辺に原発を五十四基の作ったことは最大の失政だった
原子力行政を悔い改めた小泉元総理のようになぜ認めないのだろうか
関連死した人びとやこの地に生きる多様な生き物の代わりに
私は恐れ多いが確信犯の元総理と現総理を鞭打ちたくなった

3

さらに一時間半ほど右に太平洋の荒波を臨みながら
幾つもの阿武隈高地のトンネルを抜けると
福島県いわき市勿来の海が見てくる
私の父母の田舎の薄磯・豊間はもうすぐだ
母の実家は津波で流されて跡形もなく
今は嵩上げされた防潮堤の下に眠っている
一九七〇年に来年原発が出来ると恐々と話していた伯父夫婦の
話声が高校生だった私の耳に今も遠くから聞こえてくる

伯父の軽トラックで行商を手伝い塩屋埼灯台下の薄磯の浜で
陸上部のマラソン選手だった私は伯父と駆けっこをした
祖母・母・伯父叔母・従兄妹たちと食卓を囲んで
伯父の仕入れた鰹の刺身を食べた日々があった

原発事故から十年経っても常磐自動車の浪江や富岡付近の線量計では
放射性物質が毎時約〇・五マイクロシーベルトと読み取れた
年間に換算すると四ミリシーベルトを超えるだろう
年間で一ミリシーベルトが一般人の実効線量限度だから
まだ破壊された原子炉から飛散した放射性物質が浮遊している
あと一時間ほどで「原発難民」・「核災棄民」と言う
言葉を作り出した南相馬市の若松丈太郎氏宅に着くために
まだ多くの人びとが帰還していない家々を眺めながら
約束した時間に遅れないようにアクセルを踏んだ

千年後のあなたへ

恐れの中に恐るべかりけるはただ地震《なゐ》なりけりとこそ覚え侍りしか　〈方丈記〉

私たちは忘れた　自然光の恵みを
ひとは産道を抜けて　闇から現れてきたのに
人工の光に取り囲まれて　自然光の陰影を忘れた
朝焼けと夕焼けの仄《ほの》かな光は　いつも在ったのに

私たちは忘れた　古代人の「なゐふる」の伝承を
「なゐ」（大地）が「ふる」（震える）日には

町や村や家や山河の「無い」日が来ることを
恐れの情報がテレビやネットからは来ないことを

私たちは忘れた　八六九年の貞観地震の記憶を
地は裂け岩は砕け落ち大津波が来た恐怖の日を
千百年前の鴨長明が記した地震、竜巻の記憶を
宇宙や地球は人間のために存在していないのに

伝えねばならない　二〇一一年三月十一日を
人びとに津波の襲来を伝え海に消えた勇敢な人を
福島原発の放射能で遺体も捜せない人や避難民を
死者行方不明二万名もの固有名と復興の日々を
千年後のあなたへ

初出一覧

序詩

・「ほんとの空」へ　二〇一八年元日「福島民報（新年詠）」

Ⅰ

・海を流れる灯籠　一九九六年十二月「コールサック」二六号

・桃源郷と核兵器　一九九五年十二月「コールサック」二三号

・相生橋にもたれて　二〇〇一年八月「コールサック」六四号

・被爆手水鉢《ちょうずばち》の面影　二〇〇九年十二月「コールサック」四一号

・広島・鶴見橋のしだれ柳　二〇一七年十一月　詩集『東アジアの疼き』

・少年は今日も焼き場に立ち続けている　二〇二〇年九月「コールサック」一〇三号

Ⅱ

・東海村の悲劇《きようくん》　一九九七年四月「コールサック」二七号

・一九九九年九月三十日午前十時三十五分　二〇〇一年四月「コールサック」三九号

・二十世紀のみどりご　一九九九年十二月二十一日未明　大内久さん被曝死　二〇〇三年八月　詩集『日の跡』

・カクノシリヌグイ　一九九九年十二月「コールサック」三五号

・シュラウドからの手紙　二〇〇二年十二月「コールサック」四四号

・日のゆらぎ　二〇〇〇年四月「コールサック」三六号

・牡丹雪と「青い光」　兼六園にて　二〇〇七年四月「コールサック」五七号

Ⅲ

・薄磯の木片　―3・11小さな港町の記憶　二〇一一年四月「コールサック」六九号
・塩屋埼灯台の下で　―二〇一二年三月十六日　薄磯海岸にて　二〇一二年四月「コールサック」七二号
・〈本当は大人たちは予想がついていたんじゃない〉　二〇一一年十二月「コールサック」七一号
・朝露のエネルギー　―北柏ふるさと公園にて　二〇一四年四月「コールサック」七八号
・請戸《うけど》小学校の白藤　二〇一五年六月「コールサック」八二号
・福島の祈り　―原発再稼働の近未来　二〇一五年十二月「コールサック」八四号
・薄磯の疼きとドングリ林　二〇一七年元旦「福島民報（新年詠）」

Ⅳ

・生きているアマミキヨ　二〇一八年十二月「コールサック」九六号
・残波岬のハマゴウ　二〇一八年九月「コールサック」九五号
・読谷村からの手弁当　二〇一八年六月「コールサック」九四号
・辺野古を引き裂くもの　二〇一八年六月「コールサック」九四号
・サバニと月桃《げっとう》　二〇一八年六月「コールサック」九四号
・福木とサンゴの石垣　二〇一八年六月「コールサック」九四号
・生物多様性の亀と詩人　二〇一八年六月「コールサック」九四号

Ⅴ

・タイアン村の海亀　二〇一三年八月『ベトナム独立・鎮魂・自由・鎮魂詩集１７５篇』
・己を知っている国、己を知らない国　二〇一七年六月「コールサック」九〇号
・月城《ウォルソン》　二〇一三年十二月「コールサック」七七号
・モンスーンの霊水　二〇一五年六月 日本・韓国・中国国際同人誌「モンスーン」創刊号
・元総理と現総理を鞭打ちたくなった　二〇二〇年十二月「コールサック」一〇四号
・千年後のあなたへ　二〇一一年五月　東京新聞（夕刊）

あとがきに代えて
――福島・広島・長崎・沖縄の経験からなぜ学ばないのか

十一冊目となる今回の詩集『千年後のあなたへ――広島・長崎・福島・沖縄・アジアの水辺から』については、既刊詩集『木いちご地図』、『日の跡』、『東アジアの疼き』の中の原爆や原発に関する詩篇やその後に書かれたそれらをテーマにした詩篇を集めて再編集してみた。この詩集の中で最も古いものは一九九五年の詩「桃源郷と核兵器」だが、南太平洋でフランスが核実験したことに対して感じたことが記されている。そのあたりから私は原爆と原発について自らの最も重要なテーマとして考え始めた。その二十五年の歩みがこの詩集で一つの形になったようにも感じている。ただⅣ章には海を通して東北やアジアとの水辺のつながりを感じたこともあり、七篇ほど沖縄本島・石垣島に関する詩を収録した。

日本は近・現代の世界史に残る教訓をいくつも残している。その中の最大の二つをあげれば一九四五年八月の原爆を投下された経験と二〇一一年三月一一日による東日本大震災によって東電福島第一原発が三基もメルトダウン（炉心溶融）をした未曽有の原発事故だ。

ところが、原発事故後には全ての原発が停止させられたが、その後に全国で九基の原発が再稼働し、福島県に隣接する東北電力女川原子力発電所再稼働も知事や県議会も同意する意向を示している。その他に東京電力柏崎刈羽原子力発電所も東海第二日本原子力発電所などもまた再稼働が画策されている。ドイツや台湾などは福島の経験を自国の問題として考えて全廃して自然エネルギーの方に舵を取った。福島県の経験を原発を再稼働した県はまだ他人事のように考えているようだ。仮にマグニチュード9・5の地震が女川沖などで起こったら、将来も想定外という絶望的な言葉を吐く日を再来させてしまうのだろうか。

二〇二一年一月二二日にニューヨークの国連本部で、あらゆる核兵器の開発、実験、生産、保有、使用を許さず、核で威嚇することも禁じた「核兵器禁止条約」が五十一ヶ国・地域によって批准され、法的な効力が発することとなった。この条約を促したのは広島・長崎の「ヒバクシャ」の発言や存在だった。日本政府なぜこの条約を採択し批准しないのか。米国の顔色を窺っているばかりで、「ヒバクシャ」を抱える当事国の気概も戦争の悲劇を知り、恒久平和の理念と戦略を憲法に宿しているにもかかわらず、それを現実化しようとしないほど、日本人は劣化してしまったのだろうか。世界平和の未来を切り拓くために批准した国・地域名を記し敬意を表したい。この中に一刻も早く日本の名が刻まれることを願っている。

《アンティグア・バーブーダ／オーストラリア／バングラデシュ／ベリーズ／ベナン／ボリビア／ボツワナ／クック諸島／コスタリカ／キューバ／ドミニカ／エクアドル／エルサルバドル／フィジー／ガンビア／ガイアナ／バチカン／ホンジュラス／アイルランド／

ジャマイカ／カザフスタン／キリバス／ラオス／レソト／マレーシア／モルディブ／マルタ／メキシコ／ナミビア／ナウル／ニュージーランド／ニカラグア／ナイジェリア／ニウエ／パラオ／パレスチナ／パナマ／パラグアイ／セントクリストファー・ネビス／セントルシア／セントビンセント・グレナディーン／サモア／サンマリノ／南アフリカ共和国／タイ／トリニダード・トバゴ／ツバル／ウルグアイ／バヌアツ／ベネズエラ／ベトナム》

最後に紙撚《こより》作品『揺籃：命のはじまりの不安と揺らぎ』の写真を使用させて頂いた福島県三春町にお住まいの石田智子氏に心よりお礼を申し上げたい。石田氏の紙撚には世界中の様々な被災で亡くなり傷ついた人びとへの深い思いが込められていると感じる。私の詩の一行一行もそんな思いに少しでも近づけたらと願っている。

二〇二一年二月　　鈴木比佐雄

略歴

鈴木比佐雄（すずき・ひさお）

一九五四年　東京都荒川区南千住に生まれる。
祖父や父は福島県いわき市から上京し、下町で石炭屋を営んでいた。
一九七九年　法政大学文学部哲学科卒業。
一九八七年　詩誌「コールサック」（石炭袋）創刊。
現在は季刊文芸誌となり一〇五号まで刊行。
二〇〇六年　株式会社コールサック社を設立する。
二〇一一年　東日本大震災以降は若松丈太郎『福島原発難民』など福島・東北の詩人、評論家たちの書籍を数多く刊行。また沖縄の詩人、短詩型作家、批評家、小説家の本も多数手がけている。

◇詩集『風と祈り』『常夜燈のブランコ』『打水』『火の記憶』『呼び声』『木いちご地図』『日の跡』『鈴木比佐雄詩選集一三三篇』『東アジアの疼き』『PAINS OF EAST ASIA A Collection of Poems in English and Japanese』（英日詩集）（以上十冊）
◇詩論集『詩的反復力』『詩の原故郷へ―詩的反復力Ⅱ』『詩の降り注ぐ場所―詩的反復力Ⅲ』『詩人の深層探究―詩的反復力Ⅳ』

『福島・東北の詩的想像力―詩的反復力Ｖ』（以上五冊）

◇編著　『浜田知章全詩集』『鳴海英吉全詩集』『福田万里子全詩集』『大崎二郎全詩集』
『山田かん全詩集』『三谷晃一全詩集』『畠山義郎全詩集』『福司満全詩集』『新城貞夫全歌集』など。

『原爆詩一八一人集』（日本語版・英語版）
〈※宮沢賢治学会イーハトーブセンター「第18回イーハトーブ賞奨励賞」受賞〉
『大空襲三一〇人詩集』『鎮魂詩四〇四人集』『命が危ない311人詩集』
『脱原発・自然エネルギー218人詩集』（日本語・英語合体版）
『ベトナム独立・自由・鎮魂詩集175篇』（日本語・ベトナム語・英語 合体版）
『水・空気・食物300人詩集』『非戦を貫く三〇〇人詩集』『少年少女に希望を届ける詩集』
『沖縄詩歌集～琉球・奄美の風～』『東北《みちのく》詩歌集―西行・芭蕉・賢治から現在まで』
『アジアの多文化共生詩歌集―シリアからインド・香港・沖縄まで』などの各種アンソロジー。

◇所属　日本ペンクラブ理事、日本現代詩人会、日本詩人クラブ、宮沢賢治学会、藍生俳句会、
日本詩歌句協会、千葉県詩人クラブ、脱原発社会をめざす文学者の会　各会員。
福島浜通りの震災・原発文学フォーラム事務局長。㈱コールサック社代表。

〈現住所〉　〒二七七‐〇〇〇五　千葉県柏市柏四五〇‐一二

石炭袋

鈴木比佐雄 詩集『千年後のあなたへ
——福島・広島・長崎・沖縄・アジアの水辺から』

2021年3月11日初版発行
著　者　鈴木比佐雄
発行者　鈴木比佐雄

発行所　株式会社 コールサック社
〒173-0004　東京都板橋区板橋2-63-4-209
電話 03-5944-3258　FAX 03-5944-3238
suzuki@coal-sack.com　http://www.coal-sack.com
郵便振替　00180-4-741802
印刷管理　（株）コールサック社　製作部

カバー装画写真　石田智子　紙撚《こより》作品『揺籃:命のはじまりの不安と揺らぎ』
装丁　松本菜央

落丁本・乱丁本はお取り替えいたします。
ISBN978-4-86435-477-6　C1092　¥1500E